这本书的
主人是：

莫代斯蒂·T.斯特里特利特尔：

　　将本书献给我的三个朋友——米丽娅、莉拉和爱丽丝，还有她的五只小狮子狗：国王、里奇、贝司手、鼓手和DJ。

　　另外我还将我的思念敬献给西多妮·弗洛盖特小姐、安妮-玛丽女士和米拉迪·米尔德。

莎拉公主的小故事

莎拉当侦探

[澳] 薇化斯蒂·T·斯特里特利特尔/原著
[法] 丹尼尔·约里斯/改写
[澳] 莎拉·凯/绘 戴捷/译

时代出版传媒股份有限公司
安徽少年儿童出版社

著作权登记号：121414068
版权标记：
© [2016], John Sands (Australia) Ltd. All rights reserved.
www.SarahKay.com
Represented in China by Editions Xinxin (editions.xinxin@gmail.com)

图书在版编目（CIP）数据

莎拉当侦探 / [澳] 斯特里特利特尔/原著；
[法] 约里斯/改写；[澳] 凯/绘；戴捷/译. —合肥：
安徽少年儿童出版社，2016.8
（莎拉公主的小故事）
ISBN 978-7-5397-8341-3

Ⅰ.①莎… Ⅱ.①斯… ②约… ③凯… ④戴…
Ⅲ.①儿童故事－澳大利亚－现代 Ⅳ.①I611.85

中国版本图书馆CIP数据核字(2015)第241673号

shala gongzhu de xiaogushi　shala dang zhentan
莎拉公主的小故事·莎拉当侦探

[澳]莫代斯蒂·T.斯特里特利特尔/原著
[法]丹尼尔·约里斯/改写
[澳]莎拉·凯/绘　戴捷/译

出 版 人：张克文
责任编辑：项本质　　策划编辑：王达　　特约校对：倪万俐　　责任印制：田航
出版发行：时代出版传媒股份有限公司http://www.press-mart.com
　　　　　安徽少年儿童出版社E-mail:ahse1984@163.com
　　　　　新浪官方微博：http://weibo.com/ahsecbs
　　　　　腾讯官方微博：http://t.qq.com/anhuishaonianer
　　　　　　　　　　　(QQ：2202426653)
　　　　　(安徽省合肥市翡翠路1118号出版传媒广场　邮政编码：230071)
　　　　　市场营销部电话：(0551) 63533532(办公室)
　　　　　　　　　　　　　(0551) 63533524(传真)
　　　　　(如发现印装质量问题，影响阅读，请与本社市场营销部联系调换)
印　　制：北京博海升彩色印刷有限公司
开　　本：787mm×1092mm　 1/32　印　张：4
版　　次：2016年8月第1版　　　　印　次：2016年8月第1次印刷

ISBN 978-7-5397-8341-3　　　　　　　　　　　　定价：19.80元
版权所有，侵权必究

译者序

"莎拉公主的小故事"系列是一套难得的作品,但我说不清它是不是应该属于儿童作品,因为它对儿童和成人具有同样的魅力。

本书是以一位曾祖母给曾孙女写信的形式呈现的。曾祖母的名字叫莎拉,曾孙女的名字也叫莎拉,而"莎拉(Sarah)"在希伯来语里有"公主"之意。在现实生活中,人们总喜欢把美丽的女孩形象定义为"公主"。而小主人公莎拉具备了"公主"的诸多特点:漂亮纯真,乖巧聪明,温柔自信,善良果敢……因此本系列的中文译名便顺理成章地被定为"莎拉公主的小故事"了。

故事发生在澳大利亚的乡村,叙述了小主人莎拉天真烂漫的童年生活和心灵成长过程,其中涉及许多儿童生活中面临的成长问题和基本道理。故事讲得朴实、纯真和生动,洋溢在其中的是一种不同寻常的恬淡、温情和美好。在翻译的过程中,我渐渐被莎拉的故事强烈地吸引住,觉得在我们这个浮躁的年代里,能读到这样朴实无华的作品是非常难能可贵的。特别值得一提的是,书中的插图唯美而充满童真童趣,鲜活地呈现出一个可爱的小女孩的生活细节,撩人心弦,让萦绕于心田的童音再度飞扬。

其次,我感触最深的是曾祖母莎拉几乎在每封信之前都要提到"深深地爱你"。这种对后代的关爱令人感受到人间的温暖,这种爱可以扩大到家人、朋友和夫妻之间。她之所以每次提起，是想告诉我们——爱是需要时时挂在嘴边讲给自己所爱的人听的。曾祖母莎拉还时时提醒曾孙女："你要幸福地活着！"这句话很令人感动。它告诉孩子，从小就应该知道，无论生活在什么地方，以何种方式生活，一定要不断地寻求内心的幸福，这一点至关重要。再者，小说描述了父母与莎拉在日常生活中的许多对话。父母不厌其烦地给她讲述、回答浅显易懂却经常令孩子困惑的问题，比如什么是爱、什么是友情以及身份的认同、责任感，等等。这些都是孩子们在成长过程中不可回避、且通常被家长遗忘的问题。孩子们应该从家长、学校或读物中尽早懂得这些道理。

另外，友情也是本系列特别关注的一点。作者在几本书中讲到小主人公莎拉先后交过的朋友，包括小偷史蒂文、抛球手斯蒂芬、贵小姐西多妮以及小画家扎卡里，等等。无论是哪位朋友，其性格特征都非常明显。他们虽不是很优秀，但莎拉都会找出每个人身上的优点，并与他们交朋友，而非看重他们的家庭或以貌取人。从而表现了小莎拉美好、善良的天性。

最后，书中还有很多浅显的警句，说得很实在，令人深思，如"只有内心才会产生和拥有真实的情感"，"亲情和友情是无价的"，"美丽的笑容比昂贵的香水更能使女孩子漂亮"，等等。

"生活就是欢乐与痛苦的交织"，我愿以这句话结束本书的小序。希望所有的孩子都深爱自己的家人、朋友以及我们生活的这个世界，也希望所有的成人能够将自己的爱传递给孩子以及身边的所有人。

戴捷

2016年5月

目录

引子	001
家庭晚餐	005
周日漫步	017
严厉惩罚	027
自找麻烦	039
小施计谋	055
荒地历险	067
闹鬼小屋	073
返回湖城	087
悲剧事件	095
永远的爱	109
后记	116

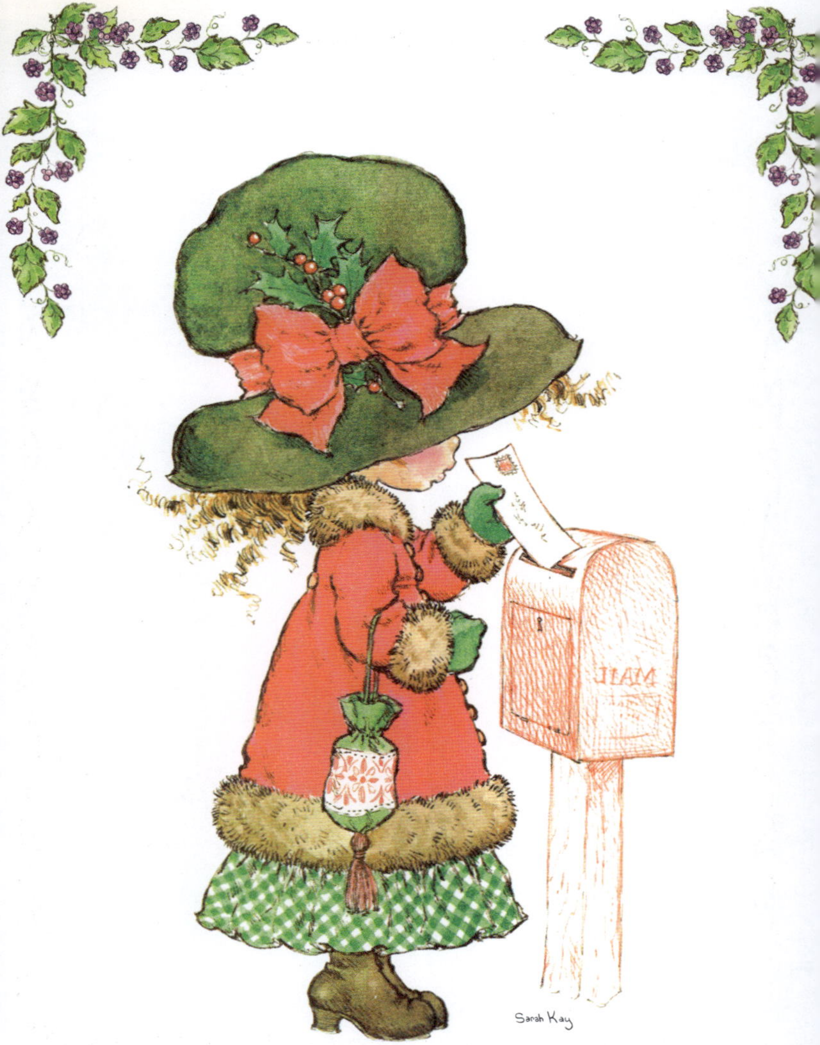
Sarah Kay

引子

我最亲爱的小莎拉·斯坦利:

　　你简直没法想象我有多么不安!我给你写的第三本讲述我以前生活的书又成了畅销书。澳大利亚总理再一次邀请我去参加活动。想想看,是总理呀!他可是我们国家女王之下最重要的人物了。

　　我的出版人菲利普·迪克跟我说,我不

应该拒绝这样的荣誉，所以我只好接受邀请，离开我最心爱的乡下。

箱子里除了放些衣服以外，我还放了亲爱的科吉·伊文的照片和几块巧克力点心。

那天早上，一辆黑色的小轿车来接我，这给我带来了多大的惊喜呀！我还从来没有坐过这样的车子呢！司机——就是开这种用马达做动力的车子的人——帮我把行李放在车子的后备箱里，然后扶我坐进了车子后排的皮椅子上。

我听到马达轰轰响的时候心里害怕极了。

好心的司机尽了最大的努力让我放心，还跟我说他读过我写的所有的书，他非常喜欢。他还跟我讲起了汤姆爸爸、丽丝白妈妈、多纳欢、格朗将军、苏让，当然还有你。

听到陌生人说起我的家庭，感觉就好像

让别人知道了我的私事。有一阵子，我差一点儿后悔出版了这些书，觉得还是只写给自己人看比较好。

汽车开了很长时间，然后我就看见首都了。那是一座非常大的城市，比你住的城市还要大，我看到这些就头晕脑涨。

总理住的房子是一座全白色的木房子，非常壮观。他们把我当公主一样接待。一共有十几个客人，还有些记者要给我照相，采访我，大家好像都认识我。

我拿到了我第二本畅销书的奖品，是一个青铜小塑像。我在那儿还参加了一系列让我眼花缭乱的活动。我没法一一回答他们提出来的所有问题。我喝了一杯冒着气泡的浅黄色的奇怪饮料，叫做"香槟酒"，说是从欧洲的一个国家——法国运来的。这种酒很清凉，也很好喝，然后我

又喝了第二杯……我真不应该喝的。我亲爱的小莎拉·斯坦利,你要答应我永远不要喝香槟酒!当喝到第三杯时,你可怜的曾祖母就倒在所有这些正在说笑的陌生人面前了。我真是出了大丑啊!

我头疼了三天,最后司机终于把我送回了湖城。

回到家,我真是太高兴了,因为这儿有我的农场、我的白纸,还有我写字用的打字机。

我非常愿意继续给你讲我的生活,这是一件奇妙无比的事儿,我希望你喜欢我写的故事。有一件事儿我很肯定:就算这第四本书还是畅销书,我也绝对不会再喝香槟酒了……

我亲爱的小莎拉·斯坦利,祝你阅读愉快!

家庭晚餐

七将军,也就是我的小猫格朗将军和它的夫人灿妮·格朗所生的唯一一只黑猫,用它四只可怕的小爪子抓住我的右腿,然后一点点地爬到了我的膝盖上。我不敢叫出声,因为汤姆爸爸正在做星期天晚餐前的祷告。

"……感谢您赐给我们桌上丰盛的晚餐。"

一灿、二灿、三灿、四灿、五灿和六灿，七将军的六个小黄猫姐妹始终不敢迈出篮子一步，它们的妈妈灿妮花了大量的时间安抚它们，给它们舔毛。再远一点儿，格朗将军正在毫无表情地看着它们。

"……感谢您赐给我们桌上丰盛的晚餐。"汤姆爸爸又提高声音重复了一遍。

所有的人都看着我：汤姆爸爸、丽丝白妈妈和我的两个姐姐凯莉和南莉。呀，轮到我了，我刚刚溜号了。我冲他们笑了笑，赶快在胸前划了个十字。

"祝大家胃口好！"

我一边抚摸着七将军的小黑头，一边仔细地把丽丝白妈妈做的菜一盘盘看过去：首先是浓香菜汤，然后是香炖羊腿加上黄灿灿的大个儿土豆，最后是温热的苹果烤饼。丰

盛的晚餐让我觉得这个星期天非常可爱。我喜欢吃，我更喜欢我的家。

"你们听说了吗？"汤姆爸爸说。

"什么事儿？"丽丝白妈妈问。

"那个无所事事的比伊·保罗进监狱了，而且会待很长时间。我听说，梦格罗的警官彼得·克里斯是星期四把他抓起来的，因为他从布伦斯毕的一家有钱人家里偷了很多首饰！这些赃物都藏在他的床底下……"

"上帝啊！"凯莉说，"我家的红头发傻妹子差一点儿成了他弟弟斯蒂文的朋友！"

"斯蒂文也是个小偷！"南莉说，"这种家庭……"

"你们的妹妹不傻！"丽丝白妈妈不高兴地说，"而且这都是过去的事儿了。"

"偷一次就会偷一百次。"凯莉小声说。

我红了脸，是真的，比伊·保罗的弟弟斯蒂文·沃什伯恩在我刚上学的时候确实是我的朋友。斯蒂文不太有礼貌，头发也不梳，但是那个时候他是唯一在学校里跟我说话的人。但是后来他从杂货店里偷了一块银表，还把表藏在了我的篮子里。就是因为他，我差一点儿被人当成小偷，那真是我一生中最难过的日子。最后，斯蒂文被学校开除了……

"你们知道吗，孩子们？"汤姆爸爸切了一块面包说，"不能因为一个人做了一件错事儿就把他看死。所有的人都会改邪归正的。"

"改鞋归正?"我说,"就是说把鞋放正,或者是把脚放正?"

凯莉和南莉大笑起来。

"改邪归正,莎拉,意思是说认识到自己的错误,然后找到正确的路。"

"小偷永远不会是诚实的人!"凯莉吃了一大口土豆说。

"不能这么说。"汤姆爸爸说,"我想当好人,可是我也完全有可能成为一个卑鄙的小偷!"

"什么?"我说,"小偷?这不可能!汤姆

爸爸你不会的!"

"莎拉,当然会的!如果我们生活得很悲惨,没有东西可吃,我可能就会去偷面包、偷鸡好给家人充饥,而且还会弄一点儿木头来生火取暖。我这不就成小偷了?就跟梦格罗的比伊·保罗和他弟弟斯蒂文一样了……"

"比伊·保罗偷的是首饰,"凯莉说,"斯蒂文偷的是手表,既不是给家人偷食物,也不是偷木头。"

"我宁可饿死也不要一个偷东西的爸爸。"我说。

"可不要在你面前的盘子里摆着满满食物的时候说这样的话,站着说话不腰疼!"丽丝白妈妈笑着说。

大家都笑了,丽丝白妈妈说得总是有道理。七将军从我的膝盖上跳了下去,回到了它

的姐妹那边去了,它们都喵喵地叫着欢迎它。

我是个快乐的小女孩儿,有一个可爱的家;我住在一座美丽的房子里,尽管我的双胞胎姐姐有时候很讨厌。

今天的烤面饼脆脆的,苹果软软的,上面还有一层焦糖,特别好吃。丽丝白妈妈是个非常好的厨师,我每天都看着她做饭。我长大以后,也要像她一样做这么好吃的饭菜,特别是那些诱人的点心。我把自己盘里的点心切成许多

小块儿，这样就能慢慢地品尝了，每吃完一口我都会轻轻地舔一下嘴唇。

不知道你们是不是注意到了，一样东西很好吃时，大家就会全都埋头大吃。吃得最香甜时，你都可以听得见厨房窗外小鸟的叫声。

汤姆爸爸吃完最后一口，擦擦嘴，然后侧过身子去吻丽丝白妈妈的脸。

"亲爱的，太好吃了，真是太好吃了！"

我很高兴我的父母这么恩爱，我知道学校里有些孩子的父母经常吵架。那是多么不幸啊！

"如果你们的作业都做完了，"丽丝白妈

妈说，"我建议大家一起洗碗，之后一起去散步。"

我的作业！我忘得一干二净。我得做加法和减法，还要学习几个很难的动词搭配，糟了！

我喜欢上学，我也喜欢学习和做作业，但是别在这样一个星期天的傍晚呀！天气好得不得了，夕阳暖暖地挂在天边。我更喜欢出去散步，跟我的小猫玩，再逗逗绿道郡的斑蜥苏让。那是一条灰绿色的蜥蜴，喜欢躺在我家晾衣绳的下面。再听听曼丽·卓丽站在一棵水果树的枝条上唱歌儿，歌声像是门轴里的吱吱声。我还喜欢去玛丽河边扔石子玩！

"我的作业做完了！"南莉说。

"我也做完了！"凯莉说。

"嗯……我也做了。"我说，"对，我做完了，

有一点儿难,不过……嗯,我觉得我都弄懂了。"

"我好像没看见你做作业。"丽丝白妈妈有些吃惊地说。

这真是糟糕透了,我的脑子里有个很小的声音在建议我要诚实,说真话。

但我没听忠告,坚持说:

"我是在我房间里做的……"

"那很好,亲爱的。"丽丝白妈妈说,"大家都来洗碗吧!然后我们就出门!"

我不喜欢说谎,但是如果我的家人都出去散步,只把我一个人留在家里,我会很伤心的。反正说一个小谎也没什么大不了,我还有那么多时间可以学习加法和减法,还有动词呢。

而且,上帝可能永远也不会知道这事儿,

因为他有那么多人要照管……我发誓我会多祷告几次,好得到他的原谅。

我擦完了最后一个盘子,就赶快去穿鞋,管他什么作业不作业的,先去散步吧!

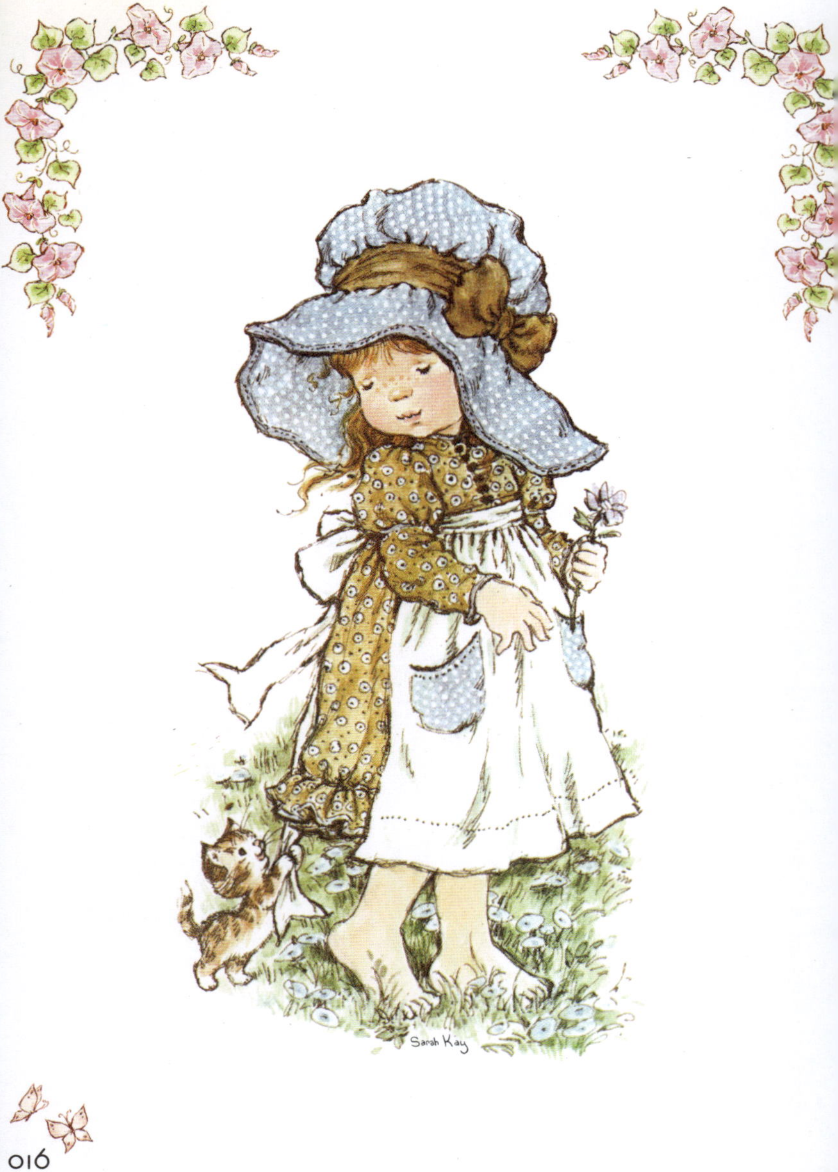
Sarah Kay

周日漫步

我们喂完了我们的两匹马——老马多纳欢和新马桑迪,就高高兴兴地出去散步了。

太阳挂在蓝蓝的天边,汤姆爸爸和丽丝白妈妈在我们前面走着。妈妈穿了一条高雅的夏日白色长裙,特别漂亮,打着一把宽大的遮阳伞。我知道汤姆爸爸的背包里有一大瓶清凉的柠檬水和几块巧克力点心。我特别喜欢我们

坐下来吃点心的那段时光。

我们一直向玛丽河边走去,这条河从绿道郡的乡村蜿蜒流过。平时我们会走到河边停下来,坐在一棵大树阴凉下吃野餐。

玛丽河里有许多鱼,是一种银色的大鱼,我们管它们叫丽鞋鱼。我小时候,也就是我上学之前,不愿意让汤姆爸爸钓鱼,因为我觉得把可怜的动物杀死来吃太残忍了。我第一次跟汤姆爸爸去钓鱼的时候,曾经对爸爸大喊大叫,他没办法,只好把钓上来的鱼又放了回去。

现在我明白了,要生活就得种植、打猎和捕鱼。汤姆爸爸跟我解释说,杀动物并不残忍,但一定要尊重自然,在两次打猎之间要留给动物们足够的时间自然繁殖。我们郡里所有的人都知道该怎么做,他们从来不会在

丽鞋鱼下鱼子的季节钓鱼；如果一条鱼够吃，不会有人钓两条。

这就是丽丝白妈妈说的"平衡的道理"。我常常在晚餐祷词里请求上帝让所有的人永远记住这个"平衡的道理"。

天边很亮，我能很清楚地看见山脉和山顶的轮廓。梦露山常年覆盖着白雪，我特别喜欢这个景色。

今天晚上，就像每个夏天的晚上一样，太阳下山时可以看到它最后的一缕光线染红了

天边。我常常纳闷为什么太阳不能把雪晒化。太阳多热啊!

我真想喝一点儿柠檬水……

像往常一样,凯莉和南莉在低声说着什么,根本不理我。我只好轻轻哼着丽丝白妈妈喜欢的歌儿:

汤姆·佩蒂有匹马
一匹黑色的千里马
汤姆·佩蒂有条狗
一条黑色的大狼狗
汤姆·佩蒂有件衣
一件黑色的长大衣

这首歌儿的歌词有一点儿奇怪,还有一点儿忧郁,但是曲调很欢快。最后,大家一

起加进来唱起了后面的一段。我喜欢听我的家人唱歌，丽丝白妈妈给我们打拍子，汤姆爸爸的男低音让歌声更有力量——有时候他会唱走调，但是很有激情。

现在是盛夏，大草原上开了许多黄的、红的和白色的小花儿；大个儿的橘黄色蝴蝶在花蕊间飞来飞去；采了花蜜的蜜蜂急急地飞回蜂巢；一只大黄蜂落在一个篱笆的木桩上；一只像曼丽·卓丽的小鸟站在高高的树上唱着歌儿。空气中有一股香味，大自然美极了，天

气暖暖和和的。

尽管我没做作业，觉得内心有点不安，但我还是玩疯了。我一边扯着嗓子唱歌儿，一边在脑子里想着跟西蒙-菲勒小姐说没做作业的借口。我不知道是不是说一声"我忘了"就行了，这样说最简单，但还可以这样说："噢，西蒙-菲勒小姐！上帝啊，我忘记做作业了，完完全全忘了。本来想得好好的，结果哗一下就忘了……"

"快看！"汤姆爸爸突然抬起手指向天空，"一只山鹰。"

我抬起头，看见一只巨大的鸟伸开翅膀在高空中慢慢盘旋。

"汤姆爸爸，如果我叫它，它会飞过来吗？"

"如果它真的飞过来，你就要吓死了。这种

鸟的个头儿比我都大,在这儿的平原上很少见到。它们都是生活在山上,听说最厉害的鸟会在梦露山山顶的永久雪山上搭窝。"

"它们不凶吧?"

"亲爱的,这是一种猛禽,它们大多数时间都在四处找食给自己的小鸟吃。"

"找什么?水果、粮食和菜?"

"不,猛禽是要吃肉的。它们的眼睛很厉害,从很高的地方就能看到在地上活动的东西。它一看到猎物,就收起翅膀从天上猛地扑下来抓住。要知道,它们很少会错过自己

的猎物。我的一个伯伯,奥维列·斯坦利就跟我讲过,他亲眼看见过一只巨鹰在他眼皮底下叼走了一只母羊。"

"母羊?一只真的母羊?我可不信!"

"没错,亲爱的,我的伯伯奥维列·斯坦利从来不说谎。"

我吓得一哆嗦。

"山鹰也很有可能对一个贪吃的红头发小丫头感兴趣……"凯莉加了一句。

"对呀!"南莉抓住我的肩膀说,"来呀,山鹰先生!您的晚餐有着落了!"

我大声叫着挣扎:

"我不要山鹰来吃我!"

"孩子们,别跟莎拉闹!你们把她吓坏了!你们不够友善,不许吃点心了……"

"她可真是小宝宝,什么都怕!"南莉摇

摇头说。

　　我冲她伸了一下舌头,给她做了一个最可怕的鬼脸。

　　再抬头看时,天上的猛禽已经消失了,可能是回到它在梦露山最高的雪山窝里去了吧。

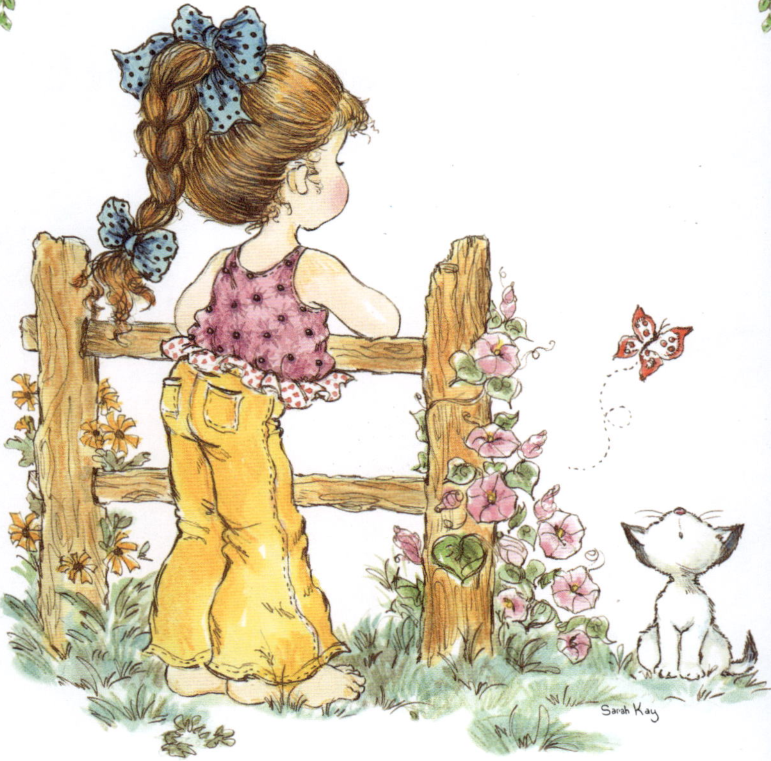
Sarah Kay

严厉惩罚

我假装做出最天真无邪的样子,把我在星期天散步时想好的句子说了出来:

"噢,西蒙-菲勒小姐!上帝啊,我忘记做作业了,完完全全忘了。"

南莉和凯莉对我这么明目张胆地撒谎有些吃惊。她们转头向我看时,不自觉地瞪大眼睛张大了嘴巴。她们都知道我是在撒一个弥天大谎，但愿她们不会揭穿我……

"莎拉！"我的老师离开讲台走近我，双手叉腰说，"如果我没理解错的话，你是忘记做作业了！"

"是的，小姐。本来想得好好的……结果哗一下就忘了。您明白吗？"

"不，我不明白，小姐！"她冷冷地说，扶了一下鼻子上的眼镜，"我真不能理解你为什么把作业这么不当一回事儿。我本来以为你是一个好学生呢。现在我很失望。"

所有的同学都在看我。我感到脸红到了耳根，真想哭。斯蒂芬·尼克斯，就是我那位长着没有光泽的黄头发杂技演员朋友，非常遗憾地看着我。

"为了惩罚你，"西蒙-菲勒小姐接着说，"你需要把这次的作业抄写十遍，明天早上给

我交来十页作业!"

"十页!这也太多了!"我说。

"我没允许你打断我的话,莎拉!不过既然你不知道管住自己的嘴,那就加十页!二十页!十页因为你忘记做作业,十页因为你不够有礼貌。现在,去站墙角,不许再说话!课间休息也不许出去。"

我强咽下眼泪,一言不发地站了起来。

"勇敢一点儿!"斯蒂芬·尼克斯小声对我说,还冲我眨了一下眼睛。

我往墙角走时,腿都在发抖。我好想回

到昨天，当时真应该听脑子里让我说真话的那个忠告之声。可能这就是多诺旺牧师说的"良心的召唤"吧。

汤姆爸爸和丽丝白妈妈得知斯坦利家的一个孩子一上午都在教室后面的角落里罚站该会怎么想呢？我将成为家庭的耻辱，就像丽丝白妈妈常常说的，一个人行为不好就是"羊群里的黑羊"。

凯莉和南莉有时候也淘气，可她们自从上学以后，从来没有像这样被罚站过。

教室里很安静，西蒙-菲勒小姐回到讲台上继续说着，我知道她说的肯定是我：

"如果你们的爸爸妈妈或哥哥姐姐都像莎拉一样'忘了做作业'，那么你们的饭桌上永远不会有饭吃，壁炉里永远不会有柴烧。'啊，我忘了烤面包！没关系，过几天再吃

吧……噢，我忘砍柴了！没关系，冬天受一点儿冻吧……'任何人都不能忘记自己的任务，因为这是第一位的。你们现在还是孩子，但是你们也不能像婴儿一样什么都不懂。你们是要玩，趁小的时候可以玩！但是永远不要忘记先工作后娱乐……现在大家一起学习！"

我偷偷地擦了擦流到脸上的眼泪，每一分钟对我来说都长得不行。受惩罚的时候，时间总是过得特别慢，我自己数着手指头或编些小歌词来消磨时间。可我的心情不好，想出来的歌词都很伤心……

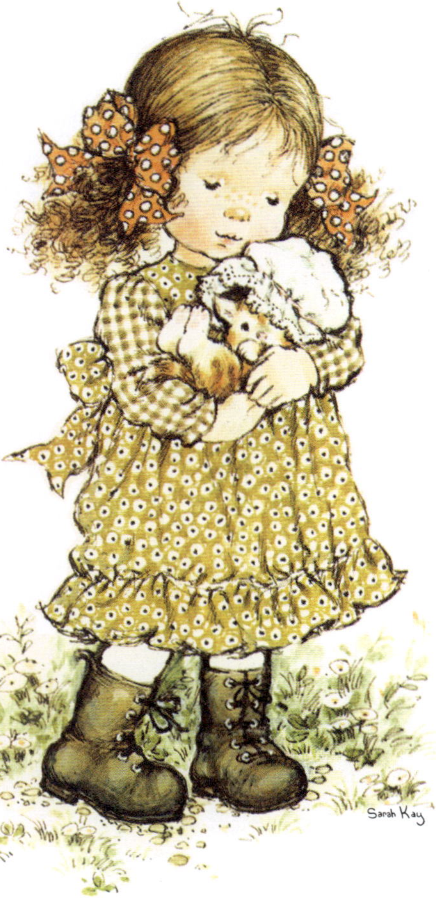
Sarah Kay

"明天晚上,你再写十页作业,因为你向丽丝白妈妈撒了谎。"汤姆爸爸说。

我点了一下头,什么也不敢说。我在写作业时,眼睛里全是泪。我在厨房的桌子上一页一页地写着:算术和动词,动词和算术。我不知是不是得写一个通宵。

$$5+3=8$$
$$3+4=7$$
$$7-6=1$$

买东西

送礼物

戴帽子

……

我在学校的时候被取消了课间休息,在

家被取消了甜点，特别是没有了丽丝白妈妈对我满意时的微笑和爱抚。我想我这一辈子都不会忘记自己一页一页地抄写作业的情形。

$$5+3=8$$
$$3+4=7$$
……

"醒醒，莎拉！"

我惊跳起来，上帝！我趴在桌上睡着了，鼻子顶着作业本。丽丝白妈妈看着我，我哭了起来。

她把我抱在怀里：

"别哭了！"

"我成了小骗子……"

"不，莎拉！你只说了一次谎，这样确实

不对，但这并不说明你一辈子都是骗子。你受到了惩罚，你也付出了代价，这一页就翻过去了。多诺旺牧师不是说过嘛，上帝会原谅改邪归正的人。"

"'改邪归正'的意思不是把鞋放正或者把脚放正……"

丽丝白妈妈笑了起来，她把我抱得更紧了：

"现在去睡吧！太晚了。莎拉，我爱你！"

我亲了亲丽丝白妈妈,离开了桌子。上床之前,我把篮子里的每只小猫都爱抚了一遍。

早上,我在枕头旁发现了一个准备了好吃的巧克力点心的盘子,还有一张纸条。我马上就认出是丽丝白妈妈写的:

我亲爱的小莎拉:
我的妈妈曾教给我一个道理,
我觉得需要告诉你,
尽管说真话永远是最难的,

但说真话比说谎话好。
今天，该由我来告诉你这句话了，
将来你要把它教给你的孩子。
我爱你！

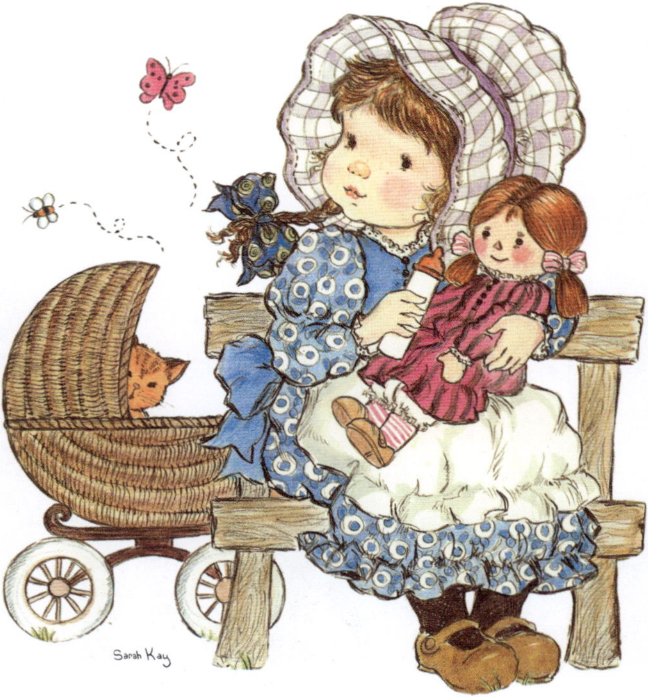
Sarah Kay

自找麻烦

我受惩罚后又过了几天,慢慢地就把这件事儿忘记了。要说生活还是像以前一样,一切都没有改变,但我自己却变了,我已经不再是原来的那个小姑娘。因为我知道了,说真话比说谎话要好。我一辈子都会记住这个教训,我会告诉我跟科吉生的孩子。

在学校操场上,斯蒂芬·尼克斯坚持不懈

地教我抛球。别看她的身子弱不禁风，耳朵有点招风，脸色苍白，头发没有光泽，永远穿着那件看起来像是背带裤的蓝粗布连衣裙，但是她的手可灵巧了。

她一抛起球来，动作就特别优美。我曾经试着在家模仿她，但因为没有找到布球，就用鸡蛋抛，结果把厨房弄得一塌糊涂，全乱套了。

"我觉得最近西蒙-菲勒小姐好像有心事。"斯蒂芬变魔术似的一个个接住五个球以

后突然说道。

我的朋友说话不多,但她只要开口就一定不是随便说的。她不像我的姐姐们,因为不愿安静就一直不停地说话。其实,我有时候也是这样。

"斯蒂芬,你为什么这么说?"

"因为我觉得特别奇怪,西蒙-菲勒小姐这个星期迟到了两次。她上课的时候,不停地看挂钟,好像特别着急赶快下课。有时候,她还会忘记戴眼镜,发髻也会梳歪,而且教课也不太专心……"

"真的!有一次她写了'5+5=9'!哈哈,我笑了好半天。"

"昨天,她带我们做练习做到一半就停下来了,而且提前十分钟下了课……"

"嗯……你觉得她有秘密?"

"很有可能。我注意到有人如果有什么事儿要瞒着别人时,就是这个样子。"

斯蒂芬就是这样,因为别人不太喜欢跟她玩,所以她的观察力就特别强。从她的外表上看不出这一点,但她对每一个细节都很注意,而且她的判断力总是能说服人。我很高兴和她交朋友,尽管我的两个姐姐总是笑话我们。

"她可能是爱上谁了吧?"

"如果是爱上谁,她应该是幸福的模样才对。"斯蒂芬说着又抛起球来,"我觉得她是有一点儿担忧。"

"那就是她有麻烦了,她是不是碰上了一个坏男人。嗯……我真想知道西蒙-菲勒小姐的秘密!"

"你又要惹麻烦了,还是跟我学抛球

吧。"

我拿起两个红球抛了起来,但我的心不在这儿,早飞远了。我的好奇心非常强,我要想办法弄清楚这件事儿。

"好啦,我想起来一个办法!"我一说话就忘了接球。

"救命!"被球砸到的斯蒂芬大声叫道,然后冲我调皮地笑了笑。

"过来,我告诉你!"

我在斯蒂芬的耳边悄声说了我的打算,她看着我为难地摇了摇头:

"莎拉！说谎会受罚的，你还打算跟你父母说谎啊？"

"不完全是这么一回事儿，这一次就是个小小的谎。而且这个谎可以帮助西蒙-菲勒小姐，上帝会宽恕我的。我是为了做好事才撒这个小谎的。"

"我觉得你这是多管闲事。"

"你来帮我吧！来吧，斯蒂芬！求你了！"

"说真的，"斯蒂芬用手指摆弄着她无光泽的头发说，"我也跟你一样好奇，也想知道西蒙-菲勒小姐的秘密。好吧，我帮你！"

"你真是我的天使!不过——嘘,这是我俩的秘密,谁也不告诉!"

"好的!"

"当心!我的姐姐们正往这边看呢,快教我学抛球,快!"

斯蒂芬非常自然地抛起了五个小红球,这些球真听她的话。

"好了,"西蒙-菲勒小姐说着摘下眼镜,"下课了,回家吧,别忘了做作业。莎拉·斯坦利,对吧?"

"是的,小姐!"我笑着说。

像斯蒂芬发现的那样,我们的老师比平常下课提前了十分钟。她快快地收起书和其他东西,头也不回地走了出去。

"孩子们,把门关好,明天见。"

我悄悄地跟上老师,接送我们回家的肯

尼迪太太的马车还没到大门口。老师焦躁地解开她小红马的缰绳,飞快地跳上马车,然后在湖城的大路上赶着马车跑远了。这一切真是太奇怪了!我很想知道她到底要去哪儿。

"桑迪受伤了!"汤姆爸爸一回家就说。

每次他气恼时就会用帽子拍一下大腿,然后再挂到衣钩上去。

"严重吗?"丽丝白妈妈问。

"有个很尖的石头卡在了它右后腿的马掌里,我一直没发现。现在桑迪有一点儿瘸,我只好把它留在马厩里了。虽然只是几天的时间,我还是得拉老马多纳欢出去用用,因为我有很繁重的工作要做。"

"你要让多纳欢再重新开始干活儿?"我惊讶地问。

"是啊,莎拉,你当时坚持不卖掉它是对

的，现在正好用上了。"

自从汤姆爸爸买了桑迪以来，我花了很多时间来照顾斯坦利家的老马多纳欢，现在我对它可了解了。因为不用出门，所以现在它比以前更慵懒。有些日子它根本就不想出马厩到草地上吃草。我得长时间劝它，跟它说话，抚摸它，照顾它。

"但愿桑迪快一点儿好起来。"丽丝白妈妈

一边说,一边给我们端上烤丽鞋鱼片。

鱼片上浇着一层好吃的柠檬汁,旁边有好看的土豆泥。

"对啦,亲爱的,"丽丝白妈妈说,"有好多人想收养小猫呢!"

我好几天都在担心地等待着这个时刻,当然我已经不是小孩子了,知道要有理智。自从这七只小猫出生以来——其中六只黄的是母

猫，一只黑的是公猫——我就知道我们不可能留下所有的小猫。

格朗将军在湖城已经非常有名了，自从它被龙卷风卷走，又奇迹般地落在三英里以外肯尼迪农场的屋顶上而没有受任何伤以来，整个绿道郡的人都认识它了。

周围的人知道灿妮·格朗生了小猫以后，就一直在问丽丝白妈妈是否能在小猫断奶后收养它们。

"丽丝白妈妈？"

"亲爱的，怎么啦？你不喜欢吃鱼？"

"不是的，好吃极了，真的。丽丝白妈妈，我知道要把小猫送人，可是，呃……"

"当心哪！"南莉叫道。

"她又要出什么新花招了。"凯莉说。

"让你们的妹妹说话。"汤姆爸爸说。

"我想留一只小猫，我喜欢一灿、二灿、三灿、四灿、五灿和六灿，但我最喜欢的是七将军，我想让它留在农场里。"

"饶了我们吧！"凯莉和南莉一齐呼喊。

"七将军是最可怕的……像格朗将军小时候一样。"

七将军好像听懂了我们在说它，一下子跳到我的腿上，对我盘子里的鱼似乎很感兴趣。我摸了摸它的头，它舒服地闭上眼睛打起盹儿来。

"莎拉，"汤姆爸爸说，"你现在有很多事要做：要管格朗将军、灿妮·格朗和多纳欢，你可没法把全部的动物都管起来。"

"可怜的小家伙都没时间做作业了。"南莉挖苦地说。

我假装没听见我那可恶姐姐的话：

"现在格朗将军和灿妮都大了,也很独立,它们虽然都很可爱,但已经不太需要我了。我喜欢跟七将军在一起……"

"我跟汤姆爸爸商量一下再说,"丽丝白妈妈说,"我们需要考虑一下。"

"谢谢!"

我美美地继续吃我的鱼片和土豆泥。汤姆爸爸和丽丝白妈妈至少没说不行。

吃甜点的时候,我趁机说起了另一件事儿:

"丽丝白妈妈,斯蒂芬想让我去她家住一个晚上。我能去吗?"

如果我的父母同意,我就可以开始想办法了解西蒙-菲勒小姐的秘密了……

"斯蒂芬住在湖城吗?"

"是,就在杂货店再过去三家。放学后,

我们常常一起去她家。她的父母人都很好。"

"我觉得你现在就开始去别人家过夜,还是有一点儿太小了。"汤姆爸爸嘟囔着说。

"西蒙-菲勒小姐说我比同龄的孩子成熟,跟凯莉和南莉比,显然我比她们成熟得快。"

"什么!"凯莉说,"你在瞎编派什么呀!"

"没错,"南莉说,"让人忍无可忍的讨厌鬼!"

丽丝白妈妈没忍住一下子笑了出来。

"好了,孩子们,"她说,"莎拉,不许再笑话你的姐姐们!如果你保证乖乖地听话,我想汤姆爸爸和我应该会同意你去斯蒂芬家过

一夜。"

"她回来的时候肯定头发又脏又乱。"凯莉不以为然地说。

"对了,"南莉说,"耳朵也成招风耳了,我还真想看看她这个样子呢!"

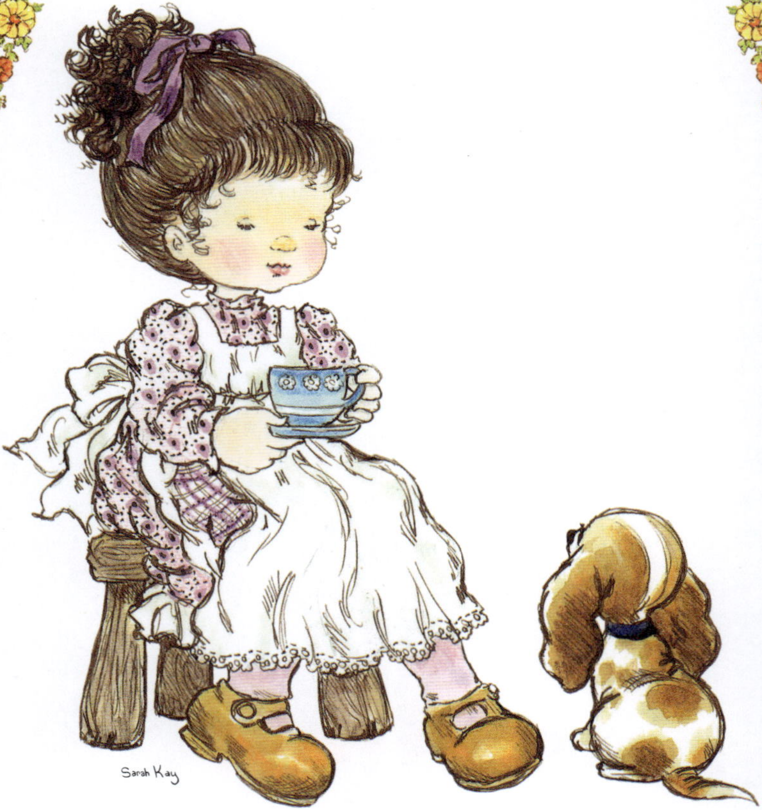
Sarah Kay

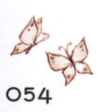

小施计谋

"西蒙-菲勒小姐要走的时候,你要想办法留住她。随便想个借口,我知道你一定有办法。答应我啊!"

"好的,我得好好想想。"

"注意啊,得让我那两个烦人的姐姐跟着肯尼迪太太走掉,而且得让她们看见我是跟你在一起,要回你的家。"

"好好……"

"只要她们有一丝怀疑,她们就会告诉丽丝白妈妈和汤姆爸爸。那样我的计划就泡汤了。"

"莎拉,你真是疯了!"

"我没疯,我就是好奇。"

"我们的多诺旺牧师说过,好奇心是最难以克服的弱点!"

"斯蒂芬,他真是这样说的吗?我可能没在意。那还得分是哪种好奇心吧!我的好奇

心是让我帮助别人,我敢肯定西蒙-菲勒小姐需要帮助。"

"那是大人的事儿!"

"可是,你看没有大人管这件事儿。所以我就得管起来!"

"好吧,莎拉!我保证肯定不让你失望。"

"想一个好办法!你一定要留住她一会儿,我需要几分钟来准备。"

"好的!"

我们相互拍了一下手。正在这时,老师让我们进教室,我向我的同谋眨了一下眼睛。

快下课了,我发现西蒙-菲勒小姐在不停地看钟,也越来越不专心了。南莉和凯莉齐声回答说:"面包和黄油!"可她提的问题是"我们国家的首都在哪儿?"我们的老师居然说:"很好!"

这说明她很快就要跟我们告别，打算迅速离开教室了。我观察着斯蒂芬，她正呆望着老师，心里肯定在想抛球的新招数。

就在西蒙-菲勒小姐拍了一下手、示意下课时，斯蒂芬突然从她坐的长凳上昏倒在地。我吓了一跳，跑过去看，怕她真的有什么不适。

"上帝啊，斯蒂芬·尼克斯要死了……"

西蒙-菲勒小姐似乎犹豫了一下，就跑向了我的朋友。

"让开！让她呼吸！派一个人去找我父亲！快！"

迪欧韦瓦·西蒙-菲勒是湖城的医生。他的诊所就在离学校不到一百米的地方。他是一个很老的医生，很有智慧，周围的人都喜欢他。有的病人还从布伦斯毕和梦格罗来找

他看病。

两个孩子赶快跑去叫医生了,趁这会儿乱的功夫,斯蒂芬冲我眨了一下眼睛。天哪!这是个计谋!我的朋友真棒!她把我吓坏了。

过了几分钟,迪欧韦瓦医生气喘吁吁地赶来了。他把所有的学生请出了教室。每个人都找到了自己的父母,我的两个姐姐和温迪坐在肯尼迪太太的马车上根本没注意我。

"你不跟我们回家吗?"肯尼迪太太问我。

"是的,太太!我父母同意我在湖城住一

个晚上。迪欧韦瓦医生把斯蒂芬治好后,我就跟她回家。您别担心!我的小包里有换洗的衣服。"

"好吧,莎拉!那祝你在城里玩得愉快!"

"我们终于可以清静了!"凯莉说。

"只可惜她没把那些可恶的小猫带上!"南莉说。

温迪大笑起来,马车走了。

现在院子里没人了,我赶快往西蒙-菲勒小姐的车那儿跑,她的小红马威尔伯正站在水槽边打盹。我掀开后车厢的盖子,太好了,里边没东西。我悄悄钻了进去,里边不太舒服,黑黑的,全是灰尘。但愿路程不太长。

我听见迪欧韦瓦医生正说斯蒂芬:

"您不该不吃中饭,可怜的孩子。您这是

饿晕了，没什么大不了的。我得跟您父母联系一下。您太瘦了！快回家去吃饭吧！"

"我都快饿死了！"我朋友的声音有一点儿发抖。

我笑了，斯蒂芬真是一个不错的演员。

好啦，西蒙-菲勒小姐反复地谢过她父亲之后上了马车，车子一下子就启动了。

"快呀！威尔伯！快，我的宝马！我们要迟到了！"

马车现在好像是上了一条非常难走的路，

我就像在暴风雨中摇摆的小船。

"哎哟!"我没能忍住疼痛轻轻地叫了一声。

我在后车厢里使劲缩成一团,可我的身子四处乱撞,肯定会撞得青一块紫一块的。我现在觉得这么干确实有一点儿不计后果。

时间过得很慢,路长得没有尽头。我做出一个决定:我要慢慢数数,一数到十就大声叫我的老师告诉她我在这儿,管她是不是会骂我,也不管她是不是要惩罚我!

"一、二、三、四、五、六……"

"吁!威尔伯!我们到了。"

我的痛苦也到头了。哎呀!我真受不了了,差一点儿就放弃了这件事儿。我听见西蒙-菲勒小姐下了车走远了。然后我听见一段简短的对话之后门就关上了。

"这到底是怎么一回事儿?我这是在干什么呀?"

我安静地等了几分钟,然后起身打开一路上成为我藏身处的后车厢。我的身上到处都疼,裙子也皱巴巴的,丽丝白妈妈要是看见了,肯定会纳闷我跑到哪儿去玩,把衣服弄成了这个样子。

因为在黑暗中待的时间太长了,外面的光线刺痛了我的眼睛。过了几分钟,我才看清楚眼前的情形。马车停在一条笔直的大路旁,周围是一望无际的农田。我不认识这地方,威尔伯刚刚跑得气喘吁吁,这会儿正安静地大口吃着嫩草。

在路边稍远一点儿的地方是一座老旧的木头房子,我刚才听到的关门声应该就是这儿。房子像是没有人住,因为看起来都快塌了,墙边长满了杂草,而且房顶的烟囱上似乎长出了一棵歪歪扭扭的树。房子的右边,一棵枯死的大树的树枝像是天上布下的一张大蜘蛛网,树枝的最顶上站着一只黑鸟,羽毛都参开着,它的叫声不太好听。这地方真够荒凉的。

房子的左边,长着一丛丛的野草,草丛里站着一个戴着毡帽的可怕的稻草人。它的旁边立着一块木牌子,有人用红漆在上面写了几个字,不像是上过学的人写的:

陌生人：你赶块走开巴，
要不你会有狠大的灾难！

真奇怪，我从来没来过这儿，可是我敢发誓，这地方怎么有一点儿熟悉，有一点儿像丽丝白妈妈总跟我说的，叫做"似曾相识的感觉"。

西蒙-菲勒小姐来到这个荒无人烟的地方到底要做什么呢？

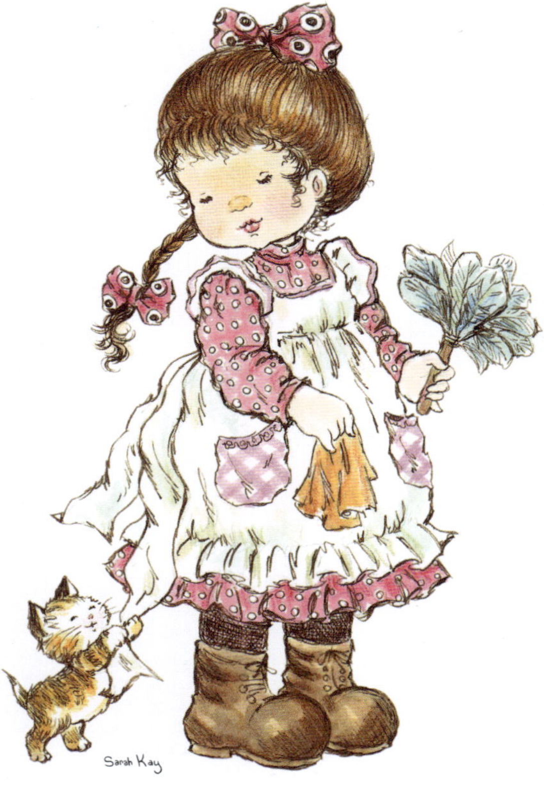
Sarah Kay

荒地历险

我轻手轻脚地从杂草上走过,慢慢靠近房子。枯树上鸟叫的声音更大了,我的心咚咚直跳。我真后悔不该做这样的冒险。

有一扇很高的窗户,上面的玻璃很脏。我能听得见小破房子里有声音:一个是女人的,就是西蒙-菲勒小姐;另一个听不太清楚。

窗户下面有一堆摞起来的木柴。我小心翼翼地爬了上去。哎呀,窗户太脏了,我只能隐约看见房子里的影子。我把耳朵贴在冰凉的玻璃上,好听得更清楚一些。

"我真的很担心,怕您不会来了!您知道,这对我来说非常重要。"

"别担心,只是晚了一点儿。有一个学生在我要离开教室的时候晕倒了。"

"谁?"

"小斯蒂芬·尼克斯。"

"就是那个喜欢抛球的高个子脏发小丫头?"

"别笑话人家!有的孩子喜欢写,有的孩子喜欢音乐或画画。斯蒂芬喜欢抛球。我觉得这样挺好。你知道有些个晚上我在家也试着抛球玩呢,可没那么简单!"

"哈哈！我也试过，从来没成过。我那个红头发小丫头怎么样了？"

"莎拉很好！"

那个神秘的声音在说我，我非常惊讶。上帝啊，是哪个人对我这么了解？我开始发抖。

"好啦，现在干正经事儿吧！"西蒙-菲勒小姐突然说道，"我要你做的事儿你做好了吗？"

"当然，小姐！"那人说，"做得可能不好，不过我做成了。喏，真是不容易。"

"祝贺你！我还以为这一次你会完不成……"

"您还不太了解我，西蒙-菲勒小姐。我是认真的，绝对不开玩笑，为此我得藏起来，还得找出理由来。但我做成了！我觉得没弄错！"

我觉得太奇怪了，这个声音我以前听到过。是谁呢？我在那堆乱七八糟的木柴上扭来扭去。莎拉，好好想想！

有什么东西落在我的面前，我转过头去，正好看见一只大黑蜘蛛吊在一根蜘蛛网线上。我最怕蜘蛛了。我使劲乱挥手，想赶它走。突然，我脚下的木柴全倒了。我从柴堆上叽里咕噜掉了下来，摔得屁股生疼。

"啊呀！"

小木屋的门突然打开了。

"偷听我们的人不会有好下场！"我还是没听出来这破口大骂的声音是谁的。

听到脚步声，我想这次肯定完了，真应该留在家里跟我的小猫玩，让丽丝白妈妈把我抱在怀里。

我为什么要这么好奇啊？！

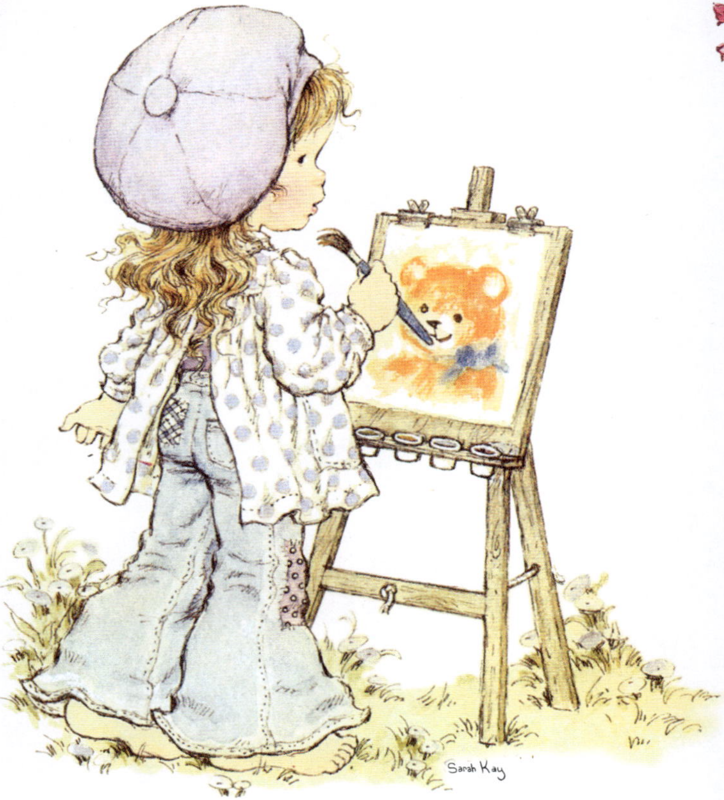
Sarah Kay

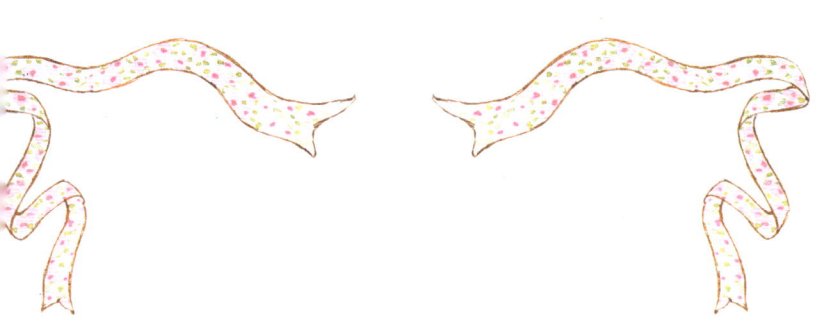

闹鬼小屋

　　老人们都说在我们这个地区有一座闹鬼的小屋，就在湖城和梦格罗之间，说那是一座很老旧的木房子，盖在没有人住的乡间。

　　那是很久以前由萨缪尔·T.弗格森盖的，他是一个孤独的农场主，不喜欢有人在他附近；听说他还向所有走近他的人身上扔石头或开枪。

他在一块大木头牌子上写着威胁过路人的句子，旁边还立着一个可怕的稻草人吓唬鸟；还说有一棵高大的树，上面结着毒果子。

还有好多关于他的传说……

等这个人死了，有人因为好奇走近过这座小屋。他们说听见里面有神秘的枪声，还看见有石头飞来飞去，好像萨缪尔还活着在杀路人。这些人吓坏了，大叫着说屋里闹鬼了。

就这样，闹鬼的故事传了出去。从此以后萨缪尔·T.弗格森的房子就没人住了，也没

人愿意在这个地方停下来看一眼。

那棵高大的果树早就死了,只剩下一些模样吓人的鸟儿。

脚步声越来越近,我怕得直抖。

"丽丝白妈妈!汤姆爸爸!救命啊!我不该说谎,我不该好奇!"

我用手捂住脸,不想看见即将看到的事情。

"嗬!"那个声音说,"小间谍原来是个红头发小丫头,这不是……莎拉·斯坦利!"

"莎拉?"西蒙-菲勒小姐带着颤声问,"你是怎么来到这儿的?"

"我,呃……我是藏在您的车厢后跟来的,小姐。是在我的朋友斯蒂芬假装晕倒的时候,我就上了您的车!对不起!对不起!对不起!"

"你可真有办法……这一路上够你受的。你的衣服全皱巴了。"

两只手抓住我的手腕轻轻却又有力地拉开了我捂着脸的手。

"别打我,求求您了!我什么也不知道……"

"别捂了!你知道我不会打你的。"

我稍稍睁开眼睛,一下子就认出了斯蒂文·沃什伯恩,还有他尖尖的下巴和一头乱七八糟的黑发。

"斯蒂文!偷表的小偷!"

"可不!就是我!"

"别老说'可不',斯蒂文!"我的老师阻止他说。

"对不起,老师!我说漏嘴了。"

他高兴地大笑着,扶我站了起来。我尴

尬地扯了扯皱成一团的裙子,感觉眼泪从脸上流了下来。

"小姐,我是不是要受罚?"

"莎拉,你知不知道好奇心是最难以克服的弱点?!"

"我当然知道,小姐!好像是多诺旺牧师有一天在教堂里说过。"

西蒙-菲勒小姐走过来,用一块漂亮的花边手帕给我擦着眼泪。

"既然你已经来到这儿了,我们就得给你

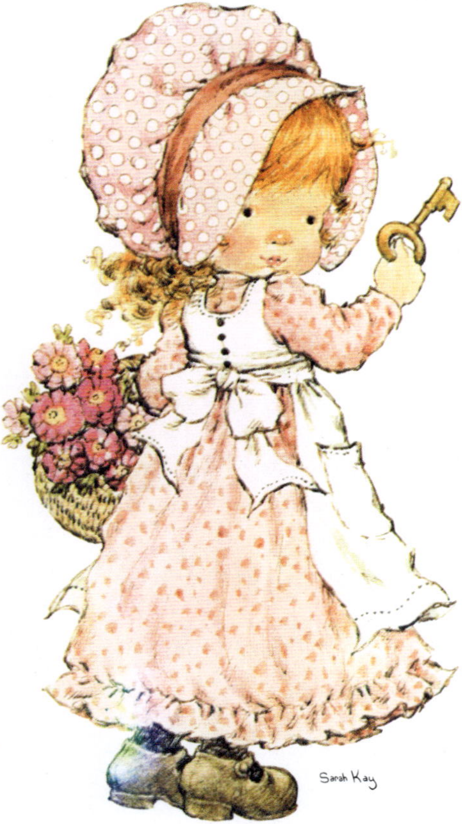
Sarah Kay

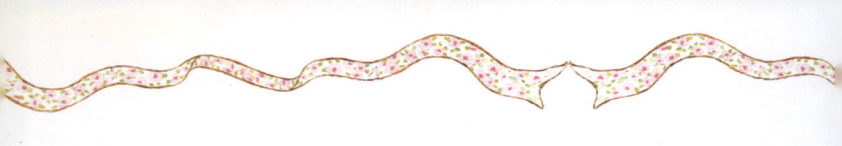

解释一下。你知道比伊·保罗·沃什伯恩，就是斯蒂文的哥哥吧，他被克里斯警官抓进了监狱。"

"我哥进了监狱，而且一定会待很长时间——警察在他的房间里找到了好多偷来的东西。

"斯蒂文，我知道你哥哥进监狱了，是汤姆爸爸告诉我的。那你在这儿干什么呢？"

他揪了一根草放在嘴里嚼着没说话，两个大拇指插在蓝裤带上，像是在想该怎么回答我。

"当我看见警官来我家、给我哥戴上手铐把他带走时，我非常震惊。我一直是很佩服我哥的，你知道我开始的时候还学他的样子。后来我想：'斯蒂文，你要是再这样下去就会走比伊·保罗的老路，最后也是要进监狱

的!'"

"我们这儿的人都这么想!"

"莎拉,我知道,沃什伯恩家族的人很多都是小偷。我父亲家里的东西有一半都不是他的,他的父亲和他父亲的父亲也一样。可我斯蒂文,决心跟他们不一样!我想了一个晚上,我找到了自己的路:我要当医生。沃什伯恩家的人一定要出一个为别人服务的人,而不是偷人家的首饰和钱的人!"

"你,当医生?"我很惊讶地说,"要当医

生得学习才行啊,你得上学。"

"你倒是一下子就明白了,可不,快着呢……"

"现在我来解释一下,"西蒙-菲勒小姐说,"你知道斯蒂文在杂货店偷过东西之后就被学校开除了。所以那天他来敲我家的门时,把我吓了一跳。他长时间地给我解释他的想法,于是,我最终答应了帮助他。但学校他是不能再进了,因为湖城里没人愿意再听到他的名字。"

"沃什伯恩的名字臭名远扬。"他苦笑着说,"而且我的父母也拒绝让我学习,我的父亲说学校让人越学越傻。"

"我很快就明白了斯蒂文说的都是真心话,而且很有决心。他的事儿让我感动,所以我们就想到可以在湖城和梦格罗之间这个

地方见面。从来没人到这条路上来，人们都说这座房子里闹鬼……"

我吃一惊："这难道就是萨缪尔·T.弗格森的闹鬼的房子！"

现在我知道为什么我感觉曾经见过这个地方，丽丝白妈妈常常给我们讲那个脾气暴躁的老人，还有房子里有鬼在向路人扔石头。我又不由自主地哆嗦了一下。

"就是萨缪尔·T.弗格森的房子，莎拉。"老师说，"但对秘密会面来说，这地方再好不过了。你别怕！我在这儿从来没见过石头飞，也没听见过枪声！"

斯蒂文大笑起来：

"哈哈，我从来不怕这种鬼怪故事。如果真有这种事儿发生，我宁愿在这个地狱里继续学习！"

"别这样说!"

"小姐,开个玩笑!"

"不能拿地狱开玩笑!"

"是,小姐!"

我笑了。

"这真是太好了!我真高兴你想当医生,做迪欧韦瓦那样的医生而不是当小偷。"

"谢谢你,莎拉,你看着吧,我会用心学,而且会学得很快。"

"真的!"西蒙-菲勒小姐说,"斯蒂文现在是我最好的学生,今天他交的作业就值得表扬。"

"真不容易,尤其是算术!我家没人能帮我,我父母既不会写也不会读……"

"斯蒂文,我祝你心想事成!"

"我会成功的!再过几年,咱们这儿的人

就会介绍我说:'这是沃什伯恩医生。'而不是'这不就是那个小偷斯蒂文吗?'"

"好啦,如果我想在天黑之前回到家,我现在得赶快走了。再见,红发小丫头!晚安,小姐!明天见?"

"当然!好好学地理和历史!"

斯蒂文·沃什伯恩刚想走,又转回来指着我说:

"真可惜,你已经有了一个未婚夫,小丫头,那个叫科吉还是什么的家伙,他能早认识你算他有福气!可不!"

我红了脸,斯蒂文做了最后的道别,并送给我们一个微笑,然后离开了我们,穿过草地向梦格罗那边跑去。

"男孩子真是调皮。"我们上车的时候我的老师说。

"莎拉，你现在是想躺在我的后车厢里呢，还是坐在我身边？"她问我。

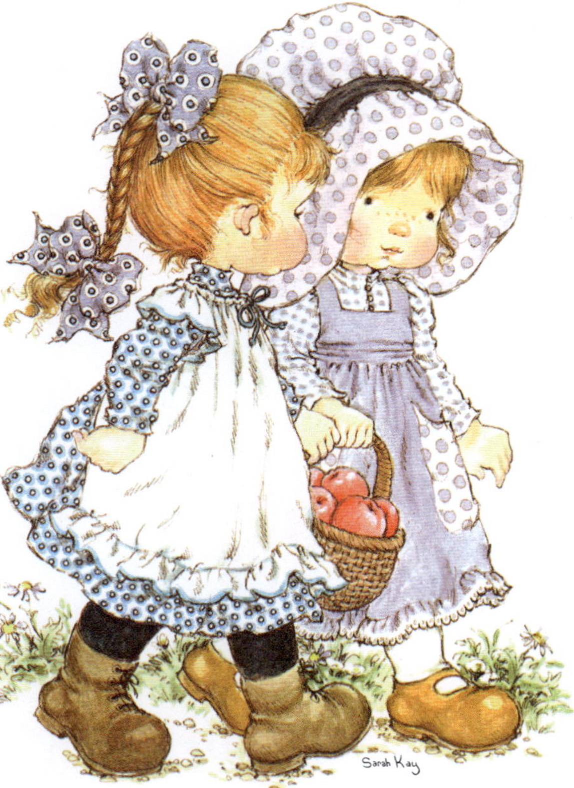
Sarah Kay

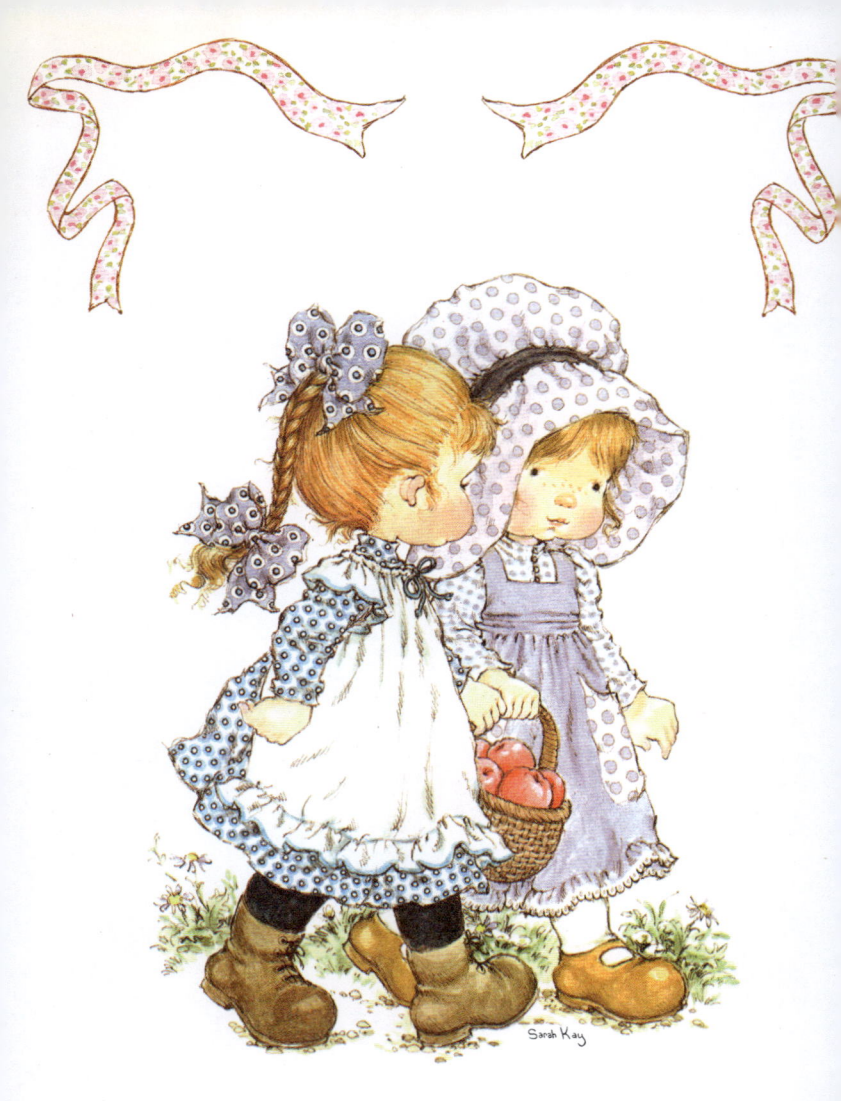

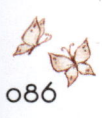

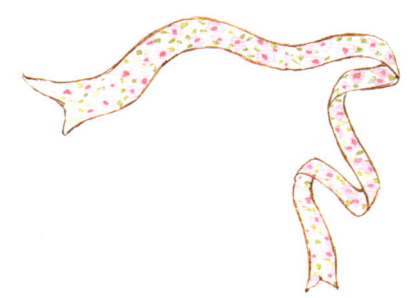

返回湖城

西蒙-菲勒小姐熟练地驾着车,威尔伯是一匹脾气不太好的小马,但它还算听话聪明。

"回去的路比来的时候要舒服。"我笑着说。

我坐在老师的身边,膝盖上盖着一条红绿格子的漂亮毯子,因为天一暗下来就凉了。

"莎拉,我喜欢你这样的女孩子!但我得

特别当心。"

"为什么?"

"你不能为了满足你的好奇心就冒险。万一出了什么事儿怎么办?假如我跟坏人见面出了什么事儿……小姑娘,要当心哪!你想当英雄还太小,还有你心太好,太天真。生活可不像歌里唱的或书里写的那么美好。生活中有许多危险。"

"我记住了,小姐。"我吸了一口气说,"嗯,您觉得斯蒂文会学成吗?"

"现在这个问题并不重要。最重要的是他决心做一件事儿，他的选择是对的。以后再看吧。我从小就看见我父亲给别人治病，要知道这个职业很不轻松啊！"

"我还记得迪欧韦瓦医生给我姐姐南莉治病的事儿，大家都以为她得了痨病。我们当时害怕极了……"

"是啊，父亲给我讲过，我非常佩服他。如果我能够帮助斯蒂文成为医生，我们地区的人就可以有人继续给他们治病，这事儿就有着落了……现在，你得向我许诺一件事儿！一个永远不许反悔的许诺！"

"您说吧，小姐！"

天黑之前，我们回到了湖城的大街上。西蒙-菲勒小姐亲了亲我的两颊，把我留在了斯蒂芬·尼克斯家门口。

"晚安,别忘了你的许诺!"

"许诺过的事儿就不能变,小姐!晚安!"

斯蒂芬看见我回来,眼睛瞪得又圆又大,显得又兴奋又惊讶。

"看见你回来真高兴!"说着就胡乱抱住我,"我真担心,你看你身上多脏,衣服多皱……快进来!今晚只有我们两个,我父母去邻居家了。你洗洗,我来把你的裙子掸干净,然后我们吃一点儿东西就睡觉。你肯定有好多事儿要跟我说!"

我穿着斯蒂芬借给我的黄色睡袍,这看起来肯定挺傻,因为睡袍比我的身子长好多。不过我一会儿就忘了,因为桌上放着一大瓶蜂蜜和几片面包。

"呀！有蜂蜜！"

"我就知道你喜欢蜂蜜，"房子的小主人请我坐了下来，"这是我妈妈做的，很好吃。莎拉，慢慢吃！你肯定又饿又渴。快告诉我，到底发生了什么事儿？"

我非常不好意思，咽下去一大块面包，然后说：

"斯蒂芬，我要让你失望了！你是我最好的朋友，我非常喜欢你。但是我发过誓，我发了誓不向任何人说出我看到的事儿。"

我认识的大部分女孩子,尤其是凯莉和南莉,遇到这样的情况,肯定会长时间缠着让我说出秘密,然后第二天一早就到湖城全城去散播。但斯蒂芬跟她们不一样,虽然她们是一样的年龄。

"你发过誓了?你起誓了?那就好。你知道吗?等你的时候我又发明了一种新的玩法。我表演给你看好不好?"

"好极了,斯蒂芬!"

我在蜡烛光下看着飞舞的小球。这个表演跟往常一样简直美极了,我忍不住为她使劲鼓掌!

"太好了!你真棒……"

"谢谢莎拉!现在我们去睡吧。"

"真是好主意!"

"你睡我的床吧。今天下午经历了这么多的事儿，你肯定累坏了。我就睡在床垫上。"

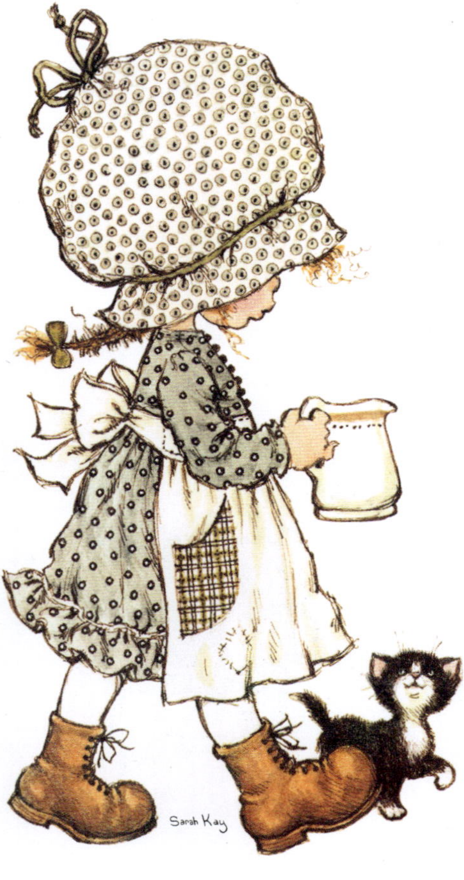
Sarah Kay

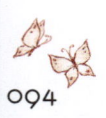

悲剧事件

离下课还有几分钟的时间,西蒙-菲勒小姐在快速离开之前,偷偷向我眨了一下眼睛。我冲她笑了笑,我知道她要去哪儿。现在这是我们的秘密了。

今天晚上我没有作业,我可以帮丽丝白妈妈准备晚餐,整理和收拾桌子,然后去照顾多纳欢,再跟我的小猫玩……

我吻别了斯蒂芬,哼着小曲上了肯尼迪太太的马车。

"莎拉,今天你看起来心情很好啊!"

"我很快乐,肯尼迪太太!生活太美好了,是吧……"

"昨天晚上你在朋友家玩得好吗?"

"好极了!"

"看看我们这妹妹的裙子成了什么样子,就知道她肯定先在地下室里,然后再跑到仓库里抛了不知多长时间的球。"凯莉说。

"她身上都是土味。"南莉说,"这就是她的新式香水!"

我耸了耸肩,然后唱了起来。丽丝白妈妈肯定要骂我,因为我把衣服弄脏了,但我想还不至于受罚。

"吁,西皮!吁,尼基!"肯尼迪太太拉起缰绳。

马车停了下来,我推开两个姐姐和她们的朋友温迪跳下马车。

"晚安,太太!"

我快快地跑进农场的院子,但一进院子就觉得家里出事儿了。汤姆爸爸和丽丝白妈妈在门口等着我们,垂着手,样子很沮丧。我看得出,丽丝白妈妈的眼睛湿湿的显然是哭过。

"出了什么事儿?你们为什么这么伤心?告

诉我呀!"

"是多……多……多纳欢。"丽丝白妈妈哽咽地说。

"它病了?严重吗?"

"它没病,"汤姆爸爸说,"它……它死了。"

我的眼泪一下子冒了出来,这不可能,多纳欢,我的朋友,斯坦利家族最忠实、最卖力的仆人,会离开我们。

丽丝白妈妈走近我,向我伸出手。我搂住她的脖子哭了起来。

汤姆爸爸也走了过来:

"多纳欢一直到最后都表现得非常坚强,死得非常壮烈。"

"怎么一回事儿?"

"你知道桑迪受伤了,我有很重而且很急的活儿要干,我得重新启用我们的老马几

天。它一整天都表现得那么强壮有活力,像是很高兴到田里去干活儿,真的。等到活儿干完了,它就站在那儿一动不动。我跟它说:'来吧,老兄!我们回家,回你的马厩里休息啦!'我就是跟它这么说的……"

"后来呢?后来呢?"

"它就轰然一声倒下,闭上了眼睛。"

"啊!"

我挣脱了丽丝白妈妈的怀抱,跺着脚挥舞着双手,仰头看着上帝所在的地方,我哭喊着:

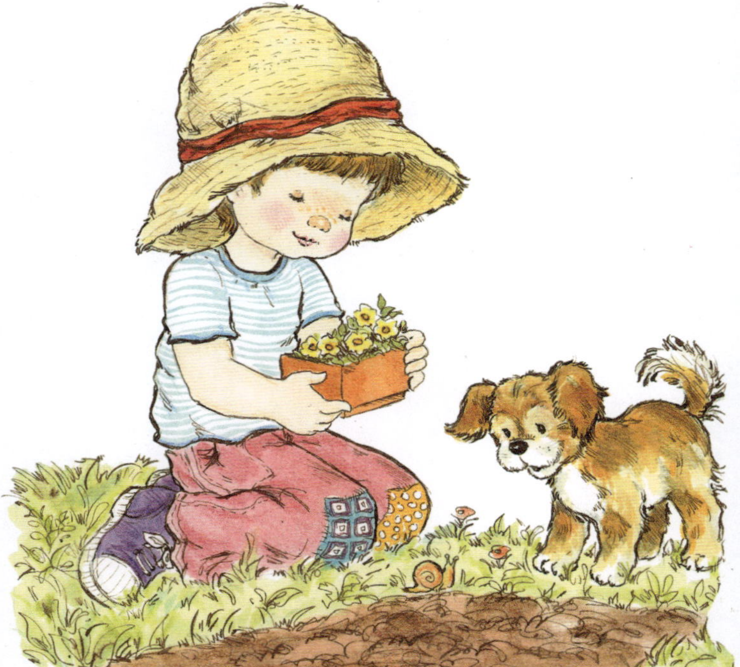
Sarah Kay

"为什么呀？这不公平！不公平！不公平！"

"安静下来，宝贝！"丽丝白妈妈说，"你怎么叫也唤不回来我们的老马啦。"

"妈妈！我生下来的时候它就在家里了，我生活中的每一天都跟它在一起，我不能想象没有它。"

"是啊，它就是我们家的一员！"凯莉和南莉也一齐说。

"汤姆爸爸！你没想办法救它吗？"

"我疯了一样跑去找默文·阿朗！他立即放下手中的一切跟我过来，但他也没能做什么，太晚了。老马在它干完最后一天农场上的活儿之后，它的心脏就停止了跳动。他的寿命到了，这是没办法的事儿。"

"它现在在哪儿？我要看看它！"我哭着

说。

"不可能了,亲爱的。默文把它运走了。你知道在绿道郡向来是这样做的。"

我太痛苦了,但我要静静地哭。我躲开了我的家人,苏让正在它喜欢的石头上晒晚间的太阳。这条绿道郡的蜥蜴对我已经熟悉了,它稍稍转了一下头,算是跟我打了招呼。

我在草地上坐了下来,看着云彩在天上飘过,想把整个身体里的眼泪都哭干。我可怜的多纳欢,都没来得及跟我说一声再见就上天堂了。它肯定是在天上一望无际的草原上跟它的伙伴在一起。

红红的太阳开始慢慢消失在天边。我感觉身边忽然冒出一个毛茸茸的小家伙,是七将军!它肯定是因为没见我回家就来找我了。它凭直觉找到了我,走完这段路程对这只小猫

来说可真不容易，因为这是它生命中第一次离开它生活的篮子，到外面来冒险。它爬到我的膝盖上开始打盹儿，我轻轻地抚摸着它。

"多纳欢死了，七将军！这不公平，他已经是我的马了，我自己的马。我每天从早到晚照顾它。每次它看见我走进马厩是多么高兴啊！太不公平了！我会非常想念它的！"

小猫突然发现了苏让，从我的膝盖上跳下去，竖起毛发，一点点地接近苏让。那蜥蜴觉得有一点儿烦，鼓起腮帮子，耸起脖子

上一圈厚厚的横肉,往外吐着口水,准备向这个陌生不速之客发起进攻。哎呀!苏让生气的时候可真难看。

我管它叫苏让,因为这是丽丝白妈妈的一个老姑姑的名字。她总是穿着古旧的裙子,领口皱巴巴的。丽丝白妈妈跟我说过不能嘲笑老人,但我看得出她在说这话的时候是笑着说的。

七将军吓坏了,没命地向家里跑去。我敢肯定,它一定跑回篮子里找灿妮——它漂亮的妈妈寻求安抚去了。

尽管我很伤心,但是当我看到小猫在比它高的草丛里没命地跑时,忽然觉得很好玩。苏让离开了它的石头消失了,只剩下我自己又开始了伤心。

"亲爱的,天黑了。"丽丝白妈妈来到我身边,轻轻地说,"你要生病的,回家吧。"

我慢慢站了起来:

"太不公平了!"

"莎拉·斯坦利!是上帝让世界成为现在的样子的。每个生命生下来,都是生活,再死去。对人和对动物都一样。这就是这个世界运转的方式。我们是没有办法改变上帝的意愿的。你知道有些蝴蝶,就是我们在玛丽河边上看到的那些蓝色的小蝴蝶,它们活一天就会死去。"

"只活一天?"

"对，它们在太阳初升的时候生下来，活一天以后晚上就死掉了。"

"可怜呀！"

"不对，莎拉！这就是它们的生命，跟我们的一样丰富而完整。它们生活的几个小时相当于我们生活这么多年。这就是它们昙花一现的生命。自从这个世界存在以来，它们就满意这样的活法。"

"那多纳欢，你觉得它对它的生命满意吗？"

"它活的时间很长，比别的马活的时间都长；而且它死的时候没有痛苦，从来没生过病，也没被人遗弃过。它还有好运气，遇到了一个好心的红头发小姑娘每天都在精心地照顾它。"

"妈妈？"

"怎么了,宝贝?"

"抱紧我!"

"好的,但之后你要告诉我,你用了什么魔法咒语把你漂亮的裙子变成了这个样子……"

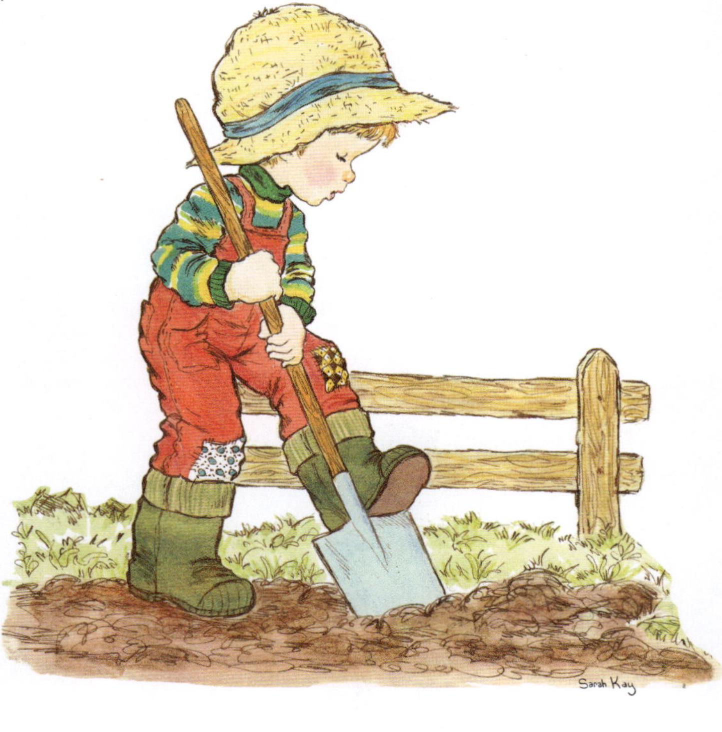
Sarah Kay

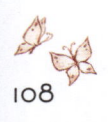

永远的爱

"丽丝白妈妈,爱到底是什么呀?"

我们正洗着碗,我擦盘子的时候一遍遍地读着我心爱的科吉·伊文给我写的信。

丽丝白妈妈冲我笑了笑:

"我知道总有一天你会问我这个问题,我的小莎拉,我真喜欢你。"

"丽丝白妈妈,我也喜欢你,但你没回答

我的问题。爱是什么呢?"

"亲爱的,其实,爱有好几种。"

"好几种?"

"对,好几种。是我的妈妈跟我解释的。第一种是婴儿的爱,他喜欢人家爱抚他,把他抱在怀里。"

"我也是,我喜欢亲热!"

"所有的人在他的一生中都喜欢跟人亲热!"

七将军在喵喵地叫,我弯下腰抚摸着它的头。

"小猫也一样喜欢爱抚,肯定的……现在我知道了婴儿的爱,那还有呢?"

"再有就是你对别人的爱和别人对你的爱。这就是恋人的爱。"

"就像我和科吉吗?"

"对，像你和科吉。"

在我和科吉·伊文相遇的那一天，我就已经知道我们一生都会相爱，我们会有一座乡下的大白房子，有许多孩子……还有好多猫。

"然后呢，"丽丝白妈妈接着说，"还有自爱。"

"自爱？"

"对，就是爱自己。要想幸福，你必须爱自己，你要接受你自己，这个爱很重要。一个不爱自己的人会生活得很痛苦，但是这个爱也

取决于别人。"

七将军回到了格朗一家住的篮子里,它的姐妹们都在那儿。

丽丝白妈妈和汤姆爸爸最后终于同意我留下这只小公猫。我知道这是为了安慰我失去多纳欢后的痛苦。

几天以后,湖城的人就来接其他的小猫了。我知道他们会善待小猫,因为这六家人的声誉都非常好。

"这挺复杂的。"

"不，很简单。如果大家都对世上最漂亮的女孩儿说她很坏，她就不会爱自己；如果大家都说她很可爱，她也会觉得自己很可爱。你看，自爱取决于别人的看法。"

"所以我们才需要一个和谐的家庭，大家互相爱护，爱所有的人？"

"就是这样！哪怕你有时会跟姐姐们吵架，但我知道你们是相爱的。"

"那我就明白了，我真是爱南莉和凯莉，虽然她们真的是很坏啊！"

我们大笑起来。

"还有普世的爱，这是你从上帝那儿获得的爱，你再把这个爱传给其他人，其他你认识或不认识的人。"

"婴儿的爱、恋人的爱、自爱和普世的爱，这就四种了，我要永远记住。"

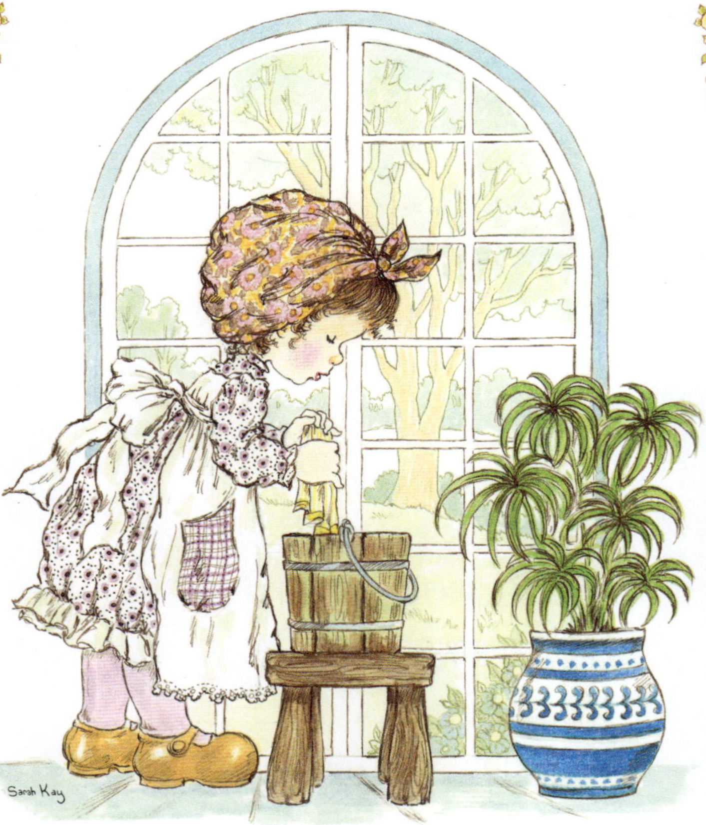
Sarah Kay

"亲爱的,四种爱你都理解了。要幸福地生活,你就得同时拥有这四种爱,我已经找到这四种爱了!"

洗完碗之后我走过院子离开了农场,来到田里苏让晒太阳的地方。那儿刚立起一块大木牌子,木牌子上是我写的句子,但是汤姆爸爸刻上去的:

多纳欢·斯坦利
世界上最优秀最令人惋惜的好马

远处梦露山顶上的雪在高高的天上闪耀着红光,一只山鹰在天空中高傲地盘旋。在更高处,我那匹好马的灵魂正在上帝的田野里快活地飞奔……

后记

我最亲爱的小莎拉·斯坦利:

这第四本书有可能是最后一本。我已经很老了,写作对我来说是一件非常艰难的事儿。我就像玛丽河边的一只蓝蝴蝶,现在已经是日落西山了。

我不知道自己是不是还有精力继续写下去,写我的生活中所经历过的幸福或忧伤的时刻。

回忆多纳欢死去的那一段令我非常难过，所有的人都带着痛苦和欢乐的记忆生活。可是，上帝啊！把这些写成白纸黑字是多么痛苦的事儿啊！当年发生的一幕幕像潮水般涌上了我的心头。

我当然希望再跟你讲讲我第一次独自赶马车的事儿，还有我的订婚仪式，我跟科吉·伊文在哈伦的婚礼，我在湖城节日时正式获得的第一枚烤饼奖章，苏让咬了七将军的那一天，还有丽丝白妈妈做的其他好吃的东西，还有汤姆爸爸摔断腿的故事……

如果上帝还给我力量的话，我可能会回复我的出版商，菲利普·迪克，他希望我继续写下去，我每天都收到读者来信鼓励我继续写下去。

可是我没法作出承诺，如果是我没有把握做成的事儿我是不会许诺的。

对城里人来说，乡下永远不会发生有意思的

事儿。在这四本书里,我已经给你描述了我生活中的一小部分。我就是再写一百本,也不一定能写全我所有的记忆……

我希望你也能了解我所认识的四种爱,像丽丝白妈妈、我的祖母、我的曾祖母所了解的那样。你属于一个家族,这条家族链上的每一个女人都找到了幸福。像你的前辈一样,幸福地生活吧!

爱你的曾祖母

"莎拉公主的小故事"系列简介

在小镇湖城的斯坦利农场里,一个叫莎拉的安静而乖巧的美丽小女孩儿,带着灿烂的笑轻轻地走来。她和她的小猫格朗将军,还有她的两个双胞胎姐姐,将让每一个女孩懂得温馨和浪漫,让每一个男孩理解感动和感恩……

小"未婚夫"科吉的来访,和爸爸一起钓鱼,让莎拉的生活充满了惊喜,但小镇湖城遭遇了可怕的龙卷风,莎拉家的农场变成了一片废墟,小猫格朗将军也不知所踪。这灾难让人伤感,然而生活毕竟是美好的……

莎拉上学了,她为这一天等待了很久。在湖城小学里,莎拉认识了新朋友,她的生活因此发生了奇妙的变化。可是她并不快乐,因为学校里有"坏孩子"。她真诚地和"坏孩子"交往,结果她成了"小偷"……

一段时间以来,湖城小学校的老师西蒙-菲勒小姐表现得有些异常,莎拉很是为她担心。在新朋友斯蒂芬的帮助下,好奇的莎拉展开了跟踪和调查。结果,她在一座"闹鬼小屋"里发现了意想不到的秘密……

对小女孩儿莎拉来说，这是最不平静的一天。她的小猫格朗将军把家里弄得一团糟，她的小"未婚夫"科吉又寄来了令她伤心的信，但是让她没有想到的是，更坏的事情还在后面——她的爸爸失踪了！

弗朗西斯警官来到莎拉家中，神秘地告诉她一个消息：因为她救爸爸的英勇行为，镇上决定为她颁发英雄奖章！然而在颁奖那天的宴会上，莎拉偶然听到一段不寻常的对话：老师爱上了一个"强盗"……

小莎拉要在她老师的婚礼上当伴娘了。她每天想的都是怎么把自己打扮漂漂亮亮，并为此兴奋不已。可当她遇见大使的女儿西多妮，也就是第二位小伴娘的时候，她的兴奋一下子消失了……

一个雨天的早晨，莎拉全家像往常一样坐在一起吃早餐。突然，妈妈用温柔的语气宣布：她怀上了小宝宝。听到这个消息的那一刻，小莎拉惊呆了：妈妈还会像以前那样疼爱她吗？她还能自己拥有一个房间吗……

更多小说精彩待续……

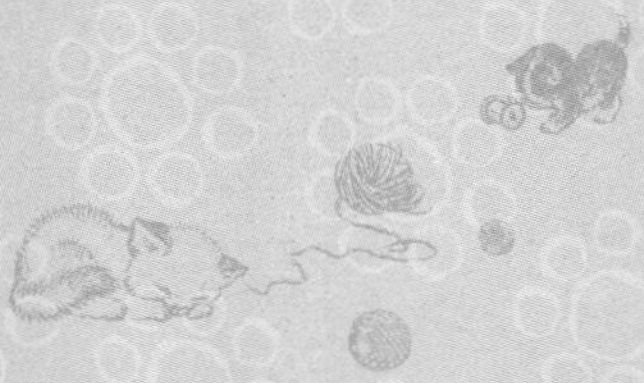